AF579680

Éditions de l'Exil
480, rang 4
St-Élie-de-Caxton, Qc, G0X 2N0
Tél : 819-221-3132
editionsdelexil@yahoo.ca
site Internet : www.editionsdelexil.com

Illustration : Chrystel Deschênes

THAÏS BARBIEUX

LA CHUTE DE THÉSÉE

- Théâtre -

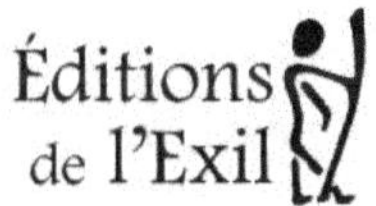

PERSONNAGES

Thésée – Roi d'Athènes

Hercule – Cousin de Thésée
Léos – Conseiller et ami de Thésée
Ménesthée – Intendant d'Athènes
Lycomède – Roi de Scyros

LE CHŒUR DES MOIRES :

- **Clotho** (la Fileuse)
- **Lachésis** (la Dispensatrice du Sort)
- **Atropos** (l'Inflexible)

Le public personnifie le peuple d'Athènes dans la scène III

Thésée, fils d'Égée, fut roi légitime d'Athènes. Par conviction, il offrit le trône au peuple de la cité afin qu'il se gouverne lui-même. Fort de ses qualités héroïques, Thésée, accompagné de Pirithoos, son compagnon d'aventure, se risqua à pénétrer aux Enfers afin d'y enlever la reine du Tartare. Ils échouèrent puisqu'ils furent faits prisonniers de la Chaise de l'Oubli. Le hasard amena cependant Hercule à s'y aventurer; il délivra alors Thésée, son cousin.

---Le Chœur---

(Les 3 Moires filant le destin des Mortels.)

--- Atropos---

Lorsque la terre tremble,
dévorant le plus robuste sable
et que de ces béantes fissures émanent,
ne distinguant pas l'initié du profane,
le poison qui s'infiltre au souffle
et que torture il camoufle.

---Lachésis---

Lorsque même les Ténèbres
dans leur Labyrinthe célèbre
se perdent dans l'obscurité,
tâtonnant les pierres affûtées,
voilà que sont si peu de choses,
voilà que ricane le grandiose,
si d'un contrepoids
tombe un noble roi.

---Clotho---

Et de la disparition de Thésée,
ayez pitié de vous, Athéniens civilisés!
Car de son aventure au Tartare,
dont il a tu le départ,
il fut prisonnier de l'oubli,
vous laissant à vos certitudes affaiblies.

SCÈNE I

(La scène se passe non loin du Styx, à l'aube. Thésée est agenouillé, Hercule se tient debout un peu à l'écart.)

---THÉSÉE---

Flore bénie de rosée, trop longtemps je n'ai pu sentir votre parfum de pureté.
Vers vos racines j'ai arpenté le Pays Noir.
Vous avez butiné ma mort et pourtant j'avais encore ma vie à offrir pour vous être nourriture.
J'ai crié le néant et pourtant le souffle ne m'a point manqué tout ce temps.
Vous, dont je n'ai point appris et qui me faites si petit, j'incline vers vos pétales ma couronne.
Firmament jamais parachevé, vers qui pointe déjà au loin l'espoir d'un jour nouveau,
trop de Lunes ont disparu sans que je n'aie pu voir la marée danser.
Sous votre froide protection j'ai commis folie et en me dissipant à vos constellations sans votre permission.
Doux plafond des miroirs de la destinée, jamais plus votre noirceur ne m'importunera,
car votre nuit est aussi lumineuse à mes yeux que le midi du Solstice d'été.

Ô nuit, ignorant est celui qui vous soupçonne d'être sœur des ténèbres.
Nulle confusion à mes yeux n'est possible à présent, étant né et mort sur vos deux rivages opposés.
Ô vent! Purifiez-moi, comme vous l'avez fait lorsque mon cœur fut honteux de rouges crimes.
Ce vent, qui nourrit mon réveil d'arômes de figues et de miel, transperce d'exaltation mes sens engourdis.
Suis-je complet sans votre excès?
Parmi toutes ces magies, me fut atrocement absente la Lumière d'Hélios.
Mes yeux aveuglés ne voient encore que la carence de ces merveilles
et ne peuvent qu'espérer que ceci ne soit plus un mauvais tour des Furies.
Je sens ici l'essence de la Terre, sagesse et constance!
Vous m'avez embrassé de vos entrailles, mais m'avez mis au monde une seconde fois.
Sous cette voûte d'argile et de sable, j'ai connu un repos angoissant
et j'ai lutté, paralysé, contre une douce torture.
J'ai pourtant traversé cette mort en vie, telle la mort traverse toute vie qui naît.
J'ai voyagé au pays interdit et pourtant je suis ici.
Serais-je mort mille fois, que je n'aurais pas oublié si profondément qu'assis là-bas.
Mon âme, priez Hadès de remettre mon esprit à mon corps!
Paix, mes jambes! Ne tremblez pas tant d'empressement!
Maigre chair, ne grincez pas tant d'impatience!
Paix, mon nom, car à l'instant je vous entends sur mes lèvres, là où vous étiez resté gravé.
Tempêtent et tonnent les souvenirs dans mon crâne,
celui qui fut trop longtemps le portique du néant et le jouet de plus grands.

Derrière ma pensée, ce voile en lambeau, sont révélées chuchotantes les mémoires de cet homme, Thésée, auquel j'avais oublié mon appartenance.
Prisonnier de mon propre oubli, j'ai cessé d'exister, chaque souvenir disparu, me tuant un peu plus. Et pourtant, le sort a été brisé, mais pas grâce à ma muette volonté.
Quelle main se tendit vers cet obscur puits?
Quelle main m'empoigna plus fermement que la vengeance d'Hadès?

---HERCULE---

Celle qu'autrefois, rouge de crimes, vous avez guérie d'un baiser.
Tachant alors du même sang vos lèvres salvatrices.
Vous avez été le seul qui a eu assez de compassion pour me soulager de ma folie après que j'aie tué mes fils et mon épouse.
Alors que le vacarme de Cerbère m'entraînait vers d'étranges territoires profonds,
je vous trouvai inerte sur cette chaise sacrificielle de vos souvenirs.
Unies dans une ultime tâche, mes mains vous arrachèrent à cette Chaise des Enfers.
Mais n'ayez plus crainte, Thésée, des torturants mirages peints par les Furies,
car c'est sur le sol des Mortels, je vous l'assure, que tombent vos larmes.

---THÉSÉE---

Ne coulent-elles pas de bonheur, puisqu'elles sont libérées des atrocités infernales?

Douleurs qui me sont oubliées et pourtant qui sont tels mille fers rouges m'assaillant,
douleurs dont mon corps porte les marques, mais non ma mémoire.
Elles sont davantage cruelles ainsi. Et font sonner mes larmes telles les cloches de la vérité.
Puissent-elles abreuver les Dieux de ma gratitude à l'égard de leur mansuétude!
Si une goutte de cette eau de vie tombe à chaque souvenir retrouvé,
je leur en aurais dédié bien assez pour faire fleurir le Jardins des Hespérides.
Mon châtiment était-il si immuable que l'Olympe a envoyé à mon secours le grand Hercule? Puisses-tu être remercié par de plus nobles lèvres que les miennes!
Par l'honnêteté de mes offrandes aux Dieux, qu'ils te bénissent et te permettent enfin de vivre des jours bienheureux!

---HERCULE---

Hélas! À chacun son châtiment!
Mais dorénavant le pourrais-je, car en ce jour, j'ai accompli avec courage le douzième et le dernier de mes travaux ordonnés.
Et si dans ma chair ne sont point tatoués mes tourments, dans ma mémoire ils font leur ravage
et ne peuvent que s'empresser de maudire ces travaux.
Le fier cache trop souvent sa honte et je n'ai été que trop fier de ces tâches.
Aujourd'hui, je suis las de mon propre jeu.
Et pourtant chaque jour nouveau fait scintiller les mêmes vanités.
Si Hercule le colosse versait une larme, elle n'aurait pas la même gratitude que la vôtre,

mais serait plutôt colorée d'amertume.
Toutefois si Hermès, dans mon sommeil, me révèle que tous ces efforts et tous ces malheurs
n'étaient en fait que le chemin à parcourir jusqu'à votre main amnésique,
je ne pourrais que m'incliner sans rancune devant la volonté divine.
Cependant pardonnez-moi, je n'ai pu secourir votre ami.
Aurais-je déployé ma force tel un volcan, qu'il n'aurait pas même disjoint la Chaise d'un orteil.
Me serais-je sacrifié à Hadès en échange de sa libération, qu'il n'aurait pu se souvenir qu'il avait des jambes pour marcher et quitter cette chaise,
qui ne contient ni chaînes, ni gardiens, mais seulement l'oubli.
Il apprendra ainsi à ses dépens qu'on ne convoite pas l'épouse d'un Dieu.
Voilà pourquoi Hadès consentit à votre libération, mais pas à celle de Pirithoos le fou,
car c'est lui et non vous, qui aspirait à Perséphone.

---THÉSÉE---

Mais je ne peux laisser celui qui fut mon fidèle compagnon pourrir par-delà le Styx.
Ou si nous ne pouvons le libérer, abrégeons au moins ce supplice, en lui enlevant la vie.
Jumelons nos ruses et notre force, aucune épreuve ne nous résistera.
Appelons Charon le Passeur afin de traverser de nouveau le fleuve du Tartare!

---HERCULE---

Prenez garde Thésée!

Cette sagesse qui vous faisait unique, semble sur le point de vous déserter.
Vos paroles sont démentes et seul un fou vous suivrait.
Je suis imprudent certes, mais non assez pour m'emballer à ces mots.
Je ne vous enseignerai pas raison.
Ne suis-je pas homme qui, avant de tuer, ne demande pas la lignée de l'adversaire?
Ne suis-je pas homme à m'emporter contre les Dieux?
Je ne suis l'exemple que de l'inconscience et de l'impulsivité.
Et de mon orgueil, j'ai toujours tenu éloignée la sagesse.
Mais de grâce, retrouvez vos esprits!
Et je vous le jure sur l'âme de mes pauvres enfants, jamais plus je ne redescendrai aux Enfers de mon vivant!
Pas même pour vous y retirer encore.
Et ce serait folie pour vous, que de tenter de le secourir seul.
Ces parures de raison et de maturité qui vous allaient si bien ne peuvent vous avoir quitté, écoutez-les, mon ami!

---THÉSÉE---

Brave Hercule! Vous avez parlé clairement!

---HERCULE---

Et je constate que vous avez entendu!
Il y a vingt ans, je vous aurais suivi et aurais fort probablement insisté pour y retourner.
Peut-être aurais-je pu ramener votre ami, mais à présent, vous et moi n'avons plus notre jeunesse vigoureuse et s'est flétrie mon audace, car je n'aspire plus qu'à une vie bienveillante.
Bien des choses ont changé en votre absence.

---THÉSÉE---

Combien de temps Hadès m'a-t-il retenu au sein de son royaume?

---HERCULE---

Bien assez pour que tous ceux à qui vous étiez cher vous admettent mort et vous pleurent!

---THÉSÉE---

Qui peut bien m'avoir pleuré, n'ai-je pas fait du tort à tous ceux que j'aimais?
Plus ils m'auront pleuré et plus mon comportement à leur égard aura été abject.
Leur amour pour moi me condamne mille fois coupable.
Je vois à votre regard que vous partagez de semblables pensées.
Nous avons appelé le regard des Dieux sur leurs destins, mais nous n'avons pu les protéger tel que nous l'avons été.
Oh! Pauvre fils, et ma reine! Et plus mon cœur les chérissait, plus j'ai été indigne de ceux qui m'ont tant donné.

---HERCULE---

Triste conclusion pour un si noble cœur!
Et je ne sais qui je tenterais de consoler en vous apportant le réconfort des mots.
La Chaise de l'Oubli est donc miraculeuse pour celui qui cherche à taire ses tourments!

---THÉSÉE---

Non cousin! Et cela je peux vous l'assurer du tréfonds de mon être.
Celui qui oublie est entraîné dans le tourbillon des noirceurs et des vices.
Car nulle évolution n'existe en ces temps de négation.
Ma honte pleure à ces mots, mais je préférerais répéter une erreur cent fois et de me repentir,
plutôt que de la commettre une fois et de la nier.
Car ainsi le mal est moins grand que la guérison.
J'ai gagné maints combats, mais devant l'oubli, que je me taise, si je ne les ai pas tous perdus.
Et depuis ce duel avec Dionysos, l'oubli se joue de moi.
L'oubli de lever la voile blanche qui fit tomber mon père dans la mort.
L'oubli d'honorer le présent qu'Aphrodite m'envoyât, et ce, après l'avoir demandé,
qui me prit mon épouse et mon fils héritier.
Non, Hercule, j'ai bien trop souvent oublié!
Mais il est temps pour moi d'affronter mes erreurs.
Et nulle Chaise des Enfers, nul tour de Dionysos ne me fermeront plus les yeux.
Je n'oublierai pas ce qui toujours m'entraîna malgré moi,
je n'oublierai pas mes responsabilités envers Athènes et son peuple.
Voilà quelle mission j'ai à accomplir, voilà pourquoi les Dieux m'ont protégé.
Et voilà à quoi je n'ai point failli.
J'ai toujours cherché à appliquer la justice d'Athéna, cette justice qui partage et qui pardonne.
Je n'ai toujours voulu que cela et jamais le pouvoir ne m'a séduit.

---HERCULE---

Et le peuple vous a donné son amour pour cela.
Les Grecs ont éprouvé de l'admiration face à Hercule, mais face à Thésée, ils sont reconnaissants, et fiers d'être Athéniens.
Il n'y a pas plus grand héros que celui qui enflamme le courage dans les cœurs timides,
et ainsi sacrifiant son orgueil à sa cause, il se voit offrir paix à son âme.
À jamais le peuple vous portera dans sa conscience.
Vous honorez votre trône et vous honorez Poséidon, votre divin père.
Et en cela vous n'avez pas échoué.
J'ai eu longtemps envie de vous faire cet aveu.
Il n'a pas échappé à mon oreille, et ce, depuis votre jeune âge où nous nous sommes affrontés pour la première fois, que vous m'avez porté en grande estime tout au long de votre parcours.
Ce sont des temps étranges qui nous traversent,
car j'ai moi-même souvent envié vos réalisations et vos capacités.
Telle la nuit rêve du jour.
Et lorsque la pluie tombe, elle jubile en pensant voler, mais elle ne fait que tomber.
J'ai souvent cru voler à vos côtés, mais votre bonté était véridique, alors que la mienne était teintée de bêtise.
Mais je constate que les Maux n'ont guère épargné l'un plus que l'autre, liés tels deux frères par nos douleurs.

---THÉSÉE---

Ne devrions-nous pas nous sentir frères dans nos vertus plutôt que dans nos peines?

N'est-il pas méprisable de se sentir enfin homme, enfin frère de ceux qui nous sont proches,
ou de ceux que nous appelons Barbares seulement alors que nos cœurs se sont fracassés sur les mêmes rochers?
Ces Maux, nous sont-ils nécessaires à la fraternité et à la compassion?
Honte sur les hommes, honte sur eux de ne point apprendre de leurs vies antérieures et de vivre à jamais les mêmes tourments.
Cet humain qui tend avec naturel vers la souffrance,
cet humain qui reste de pierre à faire de cette humanité ce qu'elle devrait être,
Honte sur lui!
Et est-il possible qu'une douce existence ne puisse être vue comme celle, mièvre, d'une huître sans perle?
Ou alors est-ce lorsque l'homme pleure qu'il n'oublie point?
Mais y a-t-il souvenirs qui vaillent si nulle larme n'est versée?
Dans quel Labyrinthe sommes-nous prisonniers pour ne même plus voir nos pieds et les traces qu'ils y ont laissées?
Paix, mon âme! Paix, mon sang! Avant que ne soient parjurés les Dieux.

---HERCULE---

Trop de questions resteront sans réponse et trop de ces réponses ne porteront l'ombre de raison.
Ne vous brutalisez pas davantage.
Votre âme a souffert au Tartare et ne perçoit que les Ténèbres.
Si vous avez été libéré, ce n'est point pour vous remettre ensuite les chaînes de la déception.

---THÉSÉE---

Certes! Je suis déçu!
Non de ce monde, mais bien de ce que nous en avons fait!
Non de cette création, mais de cette improvisation malsaine et prétentieuse.
Et pourtant n'ai-je pas essayé de renverser la balance en donnant mon trône au gens du peuple, afin qu'eux-mêmes se dirigent?
Pour ne plus être esclave de notre condition, la maîtrise devient essentielle.
Voilà par quel moyen j'ai bâti ma destinée et de quel présent j'ai fait don.
Offrir ce qui régit notre propre liberté, ceci, j'ai été appelé à le faire.
Mais voilà, dirait-on, qui n'est pas suffisant pour alléger mon âme!
Aussi garderai-je ma gratitude pour les Dieux et non pour les hommes.
Mais je suis de nouveau en vie et de cette renaissance j'apprendrai et accepterai ce qui m'est offert. Apollon détruit pour ensuite reconstruire lorsque les Ténèbres sont trop présentes.
Qu'il me fauche à son gré! Qu'il nous fauche tous à son gré!
J'attends cette purification avec hâte.
Les Enfers étant étrangement une des portes à ma conscience qui se faisait orgueilleuse avec le temps défilant.
Mon ami, me croiriez-vous si je vous disais que je n'éprouve aucune peur?
Il est étrange pour cela, de se sentir plus vulnérable et plus respectueux que jamais!

Mais en effet, je n'ai plus de peur à sentir, car qu'y a-t-il de plus abominable que les souffrances du Hadès?
Elles sont pires que toutes, pires que la haine empoisonneuse d'âme,
pires que le somptueux amour qui est mirage!
Je garderai pour moi ces sombres pensées,
mais irai apporter celles qui pourront être bénéfiques pour mon peuple.
Et ainsi sera gravée la chaleur de mes pas sur les terres arpentées, et non plus l'ombre de ma peur qui fut.
Et chaque intersection passée vers le chemin d'Athènes ne pourra que me confirmer mieux encore le chemin.
Ceci teintera mes paroles de détermination et de sérénité.
Ils porteront leur ouïe à ma voix, et n'auront d'autre choix que de les considérer,
puisque mon retour vers eux est empreint d'importance.
M'accompagnerez-vous dans cette dernière aventure Hercule?
Celle qui guérira nos cœurs?

---HERCULE---

Hélas, ce n'est pas la sagesse d'Hercule que le bon peuple écoutera,
elle ne s'est même jamais fait entendre de moi, vous en conviendrez!
Ceci est votre quête, non la mienne.
Votre conscience est à elle seule héroïque.
Vous avez toujours agi avec altruisme et moi je n'ai fait que réparer du mieux mes erreurs commises. Ce sont elles qui me conduisent vers mon destin et non mes allégeances.
Mes travaux étant achevés, j'ai d'autres tâches à accomplir afin de nettoyer certains impairs perpétrés malgré moi. Toujours malgré moi!

Aussi je ne devrais pas trop tarder à m'excuser de la meilleure manière auprès de ceux que mon ânerie a blessés,
car les Dieux sont faciles à offusquer et je n'ai que trop souvent appelé de leur clémence.
La paix de l'âme est un présent difficile à accepter lorsque nous n'avons pas encore trouvé le chemin par nous-mêmes.
Maintes fois vous avez guéri mes tourments et je ne doute pas que vous puissiez réussir à nouveau, mais je doute de mon pouvoir d'engagement.
C'est donc ici que nos chemins se séparent une autre fois!

---THÉSÉE---

Brave Hercule! Si orgueilleux, qu'il réclame haut ses égarements et ne se permet aucun répit!
Je vous remercie encore de m'avoir porté secours,
je n'ai rien de plus à vous offrir que mes bons vœux.
Vous serez toujours le bienvenu à Athènes!

---HERCULE---

Et j'ai goûté la vérité de votre hospitalité lorsque j'ai vécu, invisible et meurtri, dans le raffinement athénien, guéri par votre bienveillance.
Il me peine de vous dire de nouveau adieu!

---THÉSÉE---

Il semble que nous le devions!
Je vous souhaite d'avoir le courage, ce même courage qui vous fit vainqueur de si monstrueuses épreuves, de trouver en vous et en ce monde cette paix irremplaçable.

---HERCULE---

N'y a-t-il pas de plus beaux vœux que de souhaiter ce que nous aimerions pour nous-mêmes?
Et en cela vous êtes plein de bonté.
Puisse votre sagesse vous inspirer telle qu'elle nous inspire tous!
Adieu Thésée!

---THÉSÉE---

Adieu cousin!

---Le Chœur---

---Atropos---

L'Aube éclaire ceux qui y sont disposés
et dont les Ténèbres n'ont point abusé.
Tournons les branches de nos pensées
vers cette fragile lumière ascendante
avant que celle-ci ne se refroidisse
et n'éteigne jusqu'à ses appendices.

---Lachésis---

Le Crépuscule est le temps du courage
défiant ainsi tous ces sombres âges.
Ne faisons pas défaut à nos forces
celles qui ont foi, voyant déjà l'amorce
et celles qui ont respect de ces Titans
qui actionnent l'inébranlable roue du Temps.

---Clotho---

Athéniens! Vers vous l'aube revient!

SCÈNE II

(La scène se passe à Athènes. Thésée marche dans les rues de la ville.)

---THÉSÉE---

Voilà ma cité! Grande Athènes illuminée de promesses.
Comme votre sol a manqué à mes pas et vos rêves à mon cœur!
Grâce à vos chants d'espérance, j'ai traversé le Céphise jusqu'à vous.
Et je m'incline aujourd'hui plus bas que je ne l'ai jamais fait.
Laissez mes doigts toucher ces dalles qui me firent roi.
Mais…mais quel est cet étrange souffle qui me parvient des fissures de votre marbre?
Ce souffle silencieux et oppressant! Non, oppressé!
Que vous a-t-on fait en mon absence?
Lorsque le cœur ne reconnaît plus ce qu'il chérit peut-être doit-il chercher en lui le changement.
Les Enfers m'ont-ils à ce point dénaturé que je ne sais plus reconnaître le parfum d'Athènes?
Mon silence peut entendre davantage de ce roc si subtil.
(Il se tait et écoute.)
Vos accrocs sont tels qu'on aurait pillé votre temple, comme si une peste invisible vous avait saccagé.

Et ainsi de mes yeux ouverts, je vois des regards défiler, mais ils sont voilés de soumission.
Ce n'est pas ainsi que regarde devant lui un Athénien!
Ma vision me trompe-t-elle ou est-ce bien un affamé qui gît au pied de cet olivier dégarni?
Sous mes ordres, jamais un homme n'est mort de faim.
Y a-t-il eu famine? Y a-t-il eu guerre?
Comme sous l'effet d'un obscur charme, je ressens Athènes subissant une dégradation.
Et pourtant il n'y a pas si longtemps les cloches tintaient, promouvant la gloire de la cité.
Se peut-il que décadence frôle de si près prestige?
Thésée le Bienfaiteur est-il mort aussi dans les cœurs?
J'offre mon identité à la vue des passants, leurs regards aveugles ne me reconnaissent toutefois point. Des heures j'ai arpenté les rues sans qu'aucun citoyen ne m'aborde.
Me faudra-t-il un héraut clamant mon arrivée pour que j'apparaisse à leurs yeux.
Cette massue de bronze, plus renommée encore que mes déclarations
n'est plus qu'une branche posée tel un fardeau de prétention sur mon épaule.
Il est clair à présent que ceux qui autrefois m'ont acclamé en héros,
n'ont plus même une parcelle de mémoire en ma faveur.
Peut-être ne devrais-je pas faire grand scandale de cela
et me rendre discrètement auprès d'un ami fiable qui rassurera mes palpitations
ou qui me dévoilera la cause de cette misère, pourtant palpable si je ne suis fou!
J'ignore où sont mes fils et il serait imprudent de m'imposer au palais après une si longue absence, sans avoir au préalable appris de quoi il retourne.
Hélas, je ne vois qu'une seule personne de confiance.

Celui pour qui mes dernières paroles furent empreintes de colère et de moqueries.
Et en contrepartie de son honnêteté, je n'ai que de pathétiques excuses à lui offrir.
Voilà qui m'enseignera de nouveau l'humilité!

(Il se rend à la demeure de Léos.)

---THÉSÉE---

Si Léos est celui qui habite cet endroit, je le prie de m'ouvrir!

---LÉOS---

Voilà! J'apparais à vous et vous ouvre ma porte, mais relevez donc votre capuchon que je puisse voir qui me demande!

---THÉSÉE---

Ce n'est pas le complot qui garde mon visage camouflé, mais bien la honte.

---LÉOS---

N'ai-je pourtant toujours pris garde de ne point faire perdurer ce sentiment chez un homme?
Alors qui que vous soyez, n'ayez crainte de vous dévoiler, car je ne nourris de mépris pour personne.

---THÉSÉE---

Si dans un avenir vous ne le reconnaissez plus,
si son comportement devient avare et corrompu,

si ses gestes enchaînent ou sont enchaînés,
si sa langue promet atrocité ou acquiesce mensonge,
si sa fidélité est confiée à l'immoral
ou que le coupable se confie à sa conscience,
si la déraison s'empare de son être
ou que l'affaiblissement de sa volonté se fait quotidien,
sans crainte venez le confronter à son passé!
Vous souvenez-vous, Léos, de ceci?
De ce que vous avez juré, il y a fort longtemps, à celui que vous pouviez appeler ami?

---LÉOS---

Certes! Je reconnais là les paroles de Thésée!
J'ai bien juré, mais j'ai échoué lorsque j'essayai de l'empêcher de se rendre au Tartare.
Nous nous séparâmes ainsi en grand différend pendant qu'il m'insultait sans retenue.

---THÉSÉE---

Et il s'en excuse amèrement!
(Il révèle son visage.)

---LÉOS---

Thésée! Est-ce donc possible? Par tous les Dieux, mais où étiez-vous?

---THÉSÉE---

Là même où vous m'avez supplié de ne point m'aventurer. Aux Enfers!
Pirithoos et moi fûmes tenus prisonniers par les Chaises de l'Oubli.

Hercule m'y en a retiré, mais il semble que cette Chaise soit celle de Pirithoos pour l'éternité.
Je me sens si déconfit de ne point vous avoir entendu ce jour-là.
Et cette honte de vous avoir méprisé!
Votre lot, semble-t-il, aura été d'être le spectateur de mes plus grandes erreurs.
Et voilà celle qui me pèse le plus.
Je ne vous ai sûrement pas aimé des sentiments d'amour que vous me portiez,
mais vous avez été mon plus fidèle et honnête ami.
J'ai parlé avec une ingratitude qui mériterait qu'on me coupe la langue.

---LÉOS---

Mais je vous avais pardonné avant même que vous ne me tourniez le dos!
Pourtant il est vrai que je portais Pirithoos en basse estime
et désapprouvais silencieusement qu'il vous entraîne dans des aventures de mauvais présage.
Et pour une chose vous n'aviez pas tort à vous moquer;
j'ai eu de grands sentiments de jalousie envers lui.
J'enviais la proximité de votre amitié.
Je vous ai toujours aimé, aimé que vous et j'ai fait du mieux pour vous servir.
J'ai regardé sans broncher votre mariage avec Phèdre,
mon cœur a pleuré de voir le vôtre se dessécher de l'abandon d'Ariane
et j'ai tenu Antiopé en sang à vos côtés,
voilà quelles furent mes plus grandes tortures,
nées de l'amour que j'ai porté à mon roi.
Et vous, me pardonnerez-vous de vous avoir fait défaut,
alors que j'aurais dû vous confronter avec plus de force?

---THÉSÉE---

Jamais je n'ai eu de tels reproches à vous faire! Il n'y a donc rien à pardonner.
Mais vous connaissant, j'ai plutôt le sentiment que vous ne devriez pas laisser l'hypocrite main de la culpabilité vous étouffer.

---LÉOS---

Il est bien vrai que vous me connaissez plus que quiconque!

---THÉSÉE---

J'ai pour vous une confiance inébranlable,
aussi je n'ai su vers qui me tourner en arrivant à Athènes et cela me prit tout mon courage afin de venir vous retrouver.
Mais dites-moi, Léos, ce que je devrais apprendre!
Est-ce ma propre absence que j'ai ressentie ou bien est-il arrivé malheur?
Parlez sans détour!

---LÉOS---

Je n'ose l'exprimer, tant ces mots seront graves à vos oreilles
et qu'ils résonneront telles mille trompes apocalyptiques.
Protégez votre cœur de mes paroles, car jamais vous n'aurez eu à affronter pareils événements.
Ils sont si terribles par leurs sournoiseries et pourtant si révélateurs
qu'ils ne peuvent qu'ébranler les fondements mêmes de votre peur.

---THÉSÉE---

Ces mots, de la bouche d'un homme si raisonnable, me terrorisent doublement.
Mon imagination semble s'être dissoute sous une chute de malheur potentiel.
Et pourtant, aucun ne semble se prêter à votre discours.

---LÉOS---

En effet, ils éclairent les failles de la nature humaine.
Ces événements ont néanmoins pris source dans d'inoffensifs cas,
mais découlant les uns des autres, ils prirent une ampleur imprévisible.

---THÉSÉE---

Libérez-moi de cette torture et dites! Vous ne pouvez plus vous rétracter!

---LÉOS---

Vous avez offert votre couronne au peuple avec une grande générosité.
S'en était-il montré digne? Jamais vous n'avez posé cette question à vous-même.
Car vous considériez cette liberté plus importante que tout.
Et c'est cette même confiance qui vous permit ce geste extraordinaire.
Mais je vous le dis, vous auriez fait un piètre roi!
Un Pharaon gouverne avec justesse, car il sait que la santé de son peuple nécessite une main au service de Mâat les guidant.

Et vous n'avez pas ces considérations.
Ne me regardez pas ainsi! Comme vous j'y ai cru et j'ai espéré!
Écoutez encore! Athéna est noble et sage, vous avez eu raison d'y dédier vos gestes royaux,
mais pas assez de temps s'est écoulé depuis le règne chaotique des Titans.
Vos pensées sont d'avant-garde et votre honnêteté sans limites n'a pu contrôler leurs concrétisations. Mais que vous le vouliez ou non, vous étiez resté leur roi,
leur lien avec la volonté et les vertus d'Athéna.
Si tout cela se maintenait, c'était grâce à leur admiration pour vous.
Vous les avez poussés au meilleur d'eux-mêmes en les laissant se gouverner.
Vous étiez certes resté à la tête de l'armée afin de veiller à la paix,
mais le jour où vous êtes parti au Tartare avec Pirithoos,
ce n'est pas que leur commandant qui manqua au peuple d'Athènes,
mais bien leur lien avec leur conscience.

---THÉSÉE---

Non! Je n'ose dissiper le brouillard du doute, de peur de voir tout ce que j'ai construit, détruit.
Mes tempes gonflent à chaque pulsation sur le rythme de vos paroles.
Laissez-moi reprendre mon souffle, qui lui rétrécit et m'étouffe.
(Thésée s'accroche à Léos.)
Je sais ce qui est arrivé et pourtant je ne peux le croire,
mais continuez Léos, car comme le fouet du châtiment sont vos paroles.

---LÉOS---

Oh! Thésée! J'aurais préféré vous savoir aux Champs-Élysées que d'avoir à vous annoncer cela.
Et je pleure à goûter votre désespoir en vous serrant ainsi contre ma poitrine.
Mais ma tâche est encore de vous éclaircir sur ces obscurs événements.
Pour les condenser, ils débutent après votre départ aux Enfers.
Vous aviez enlevé la jeune Hélène de Sparte pour en faire votre épouse lorsqu'elle serait devenue nubile, n'est-ce pas?

---THÉSÉE---

C'est exact, et vous vous y êtes fortement opposé!

---LÉOS---

Lorsque vous me disiez vouloir l'épouse la mieux protégée des Dieux
et que votre choix s'arrêta sur Hélène, fille de Zeus, j'ai cru que vous deveniez fou!
Et pourtant vous l'avez fait et vous l'aviez confié à Aethra, votre mère.
Voilà qu'ensuite vous partiez vers une plus grande folie.
Or l'Attique avait à présent en sa garde un venin maquillé de si beaux atours,
que nous n'en n'avions pas conscience.
Moi-même, que vous aviez pourtant nommé général,
ne tournai pas ma prudence vers le sang de Léda.
Trop assurés de votre retour, nous n'avons pas même renforcé nos rangs

lorsque Sparte nous menaça d'une guerre si nous ne rendions pas Hélène à son temple.
Oh! Malheureuse confiance!
Thésée, arriverez-vous à me pardonner de cet échec?
Celui de ne point avoir réussi à me faire vous en votre absence!
Car comme pour les sept Thébains, nul autre n'aurait pu apposer le remède sur cette plaie infectieuse. À peine quatre Lunes après votre disparition, Sparte marchait vers nous!
À leur tête, les Dioscures, frères de la princesse Hélène.
Ne les avez-vous jamais aperçus?

---THÉSÉE---

Nous avons chassé ensemble le Sanglier de Calydon!

---LÉOS---

Vous conviendrez qu'ils font de redoutables adversaires,
car Castor et Pollux brillent d'un feu divin
et leurs vies ainsi tissées l'une dans l'autre ne les rendent que plus invulnérables.
Et par Athéna! Nous étions dans notre tort! Dans votre tort!
Et nul doute que Sparte soit protégé d'Arès,
car ils se battent comme un seul homme et non telles des hordes montagnardes.
Nos remparts auraient pu être les Colonnes d'Hercule qu'ils nous auraient ébréchés sans mal.
Ils ont exigé qu'on leur rende Hélène.
Je me suis rendu à eux sans remords, mais pourtant avec la mort dans l'âme.

---THÉSÉE---

Peu de sang a donc été versé!
Ne pensez-vous pas que j'en aurais fait autant?
Bon Léos, n'ayez aucune honte à cela!

---LÉOS---

Ne dites pas sans savoir!
Votre clémence serait plus lourde à porter que votre colère.
Et ce n'est pas parce que les murs d'Athènes ne sont pas teintés de sang
qu'ils ne sont pas colorés d'un plus grand malheur.
Car Sparte sut où frapper pour mettre à genoux Athènes!
La démocratie, voilà qui était un ennemi plus menaçant qu'une armée de trente mille hommes entraînés.

---THÉSÉE---

Ont-ils seulement osé, ces Dioscures que l'on dit nobles?
Oh! Malheur!

---LÉOS---

Mais la véritable tragédie demeure non pas qu'ils aient propulsé un roi de pacotille sur le trône que vous aviez aboli, mais bien qu'ils furent aidés par le peuple athénien lui-même!

---THÉSÉE---

Impossible!

---LÉOS---

Et pourtant si!
Ces riches familles qui ne pouvaient plus goûter leur pouvoir,
celles qui de par votre décision vous avez ravagé les égoïstes ambitions,
se sont retournées contre votre rêve,
contre cette civilisation nouvelle
et de leur parole appuyée par le poids de l'or,
accueillirent ce roi Ménesthée avec joie.
Reniant ainsi vos fils comme légitimes héritiers.
Et laissant de bonne grâce votre mère aux mains infâmes des Spartiates.

---THÉSÉE---

Et voilà que ce n'est qu'à mon retour des Enfers que je meurs!
Pénible défaite, que cette vie qui fut mienne.
Je n'ose plus savoir, mes fils sont-ils toujours en vie ou ont-ils été happés eux aussi par ma défaillance?

---LÉOS---

Ils sont sains et saufs chez vos fidèles amis les Phytalides, mais n'osent se révolter.

---THÉSÉE---

Ils n'ont pas appris la rébellion, ni le courage guerrier,
ayant été élevés dans un climat de paix et d'espérance.
Je ne peux donc leur en vouloir pour leur mièvre hardiesse.

---LÉOS---

Ils ont agi avec sagesse. Vous avez agi de même aujourd'hui en évitant le palais, car il en va de votre vie.

---THÉSÉE---

La sagesse, dites-vous?
Léos, croyez-vous que c'est la sagesse qui me fit prendre le chemin de l'Isthme,
alors que la jeunesse se pavanait dans mes veines?
Ou que celle-ci accepta le défi du Taureau de Crête.
Ou est-ce la sagesse qui tua le Minotaure,
elle qui me fit roi?
Ne vous rappelez-vous donc pas Léos, que je n'ai jamais hésité à agir?
Avez-vous oublié que j'ai tué de mes mains Pallas, mon oncle?
Ne me parlez pas de sagesse, par tous les Dieux!
Soufflez vers ma volonté, courage, imprudence, vengeance et force.
Ces bêtes si longtemps en cage ne demandent qu'à sortir.
Que mon cœur devienne aussi effronté que celui d'une Amazone.

Car je vais de ce pas réclamer ce qui m'est dû!

---Le CHŒUR---

--- CLOTHO---

Là où se chevauchent les intersections,
originalité devient tradition.
Là où les âges ne font qu'un,
ce n'est ni la décision de chacun
ni le souffle de cette saison
qui suit la voie de la déraison.

---ATROPOS---

Cette ère que nous quittons
est pourtant celle que nous poursuivons.
Ainsi s'étouffent les rêves
sous le poids du glaive
et ne font que murmurer
les cœurs qui trop fort ont juré.

---LACHÉSIS---

Alors écoutez bien, Athéniens,
celui qui appelle votre soutien!

SCÈNE III

---CLOTHO---

Ménesthée! Roi hivernal du trône d'Athènes,
le printemps frappe à tes portes et sous ses pas l'estrade fleurit.
Ne te cache point à cet arôme de justice.
Et si la noblesse t'en dit, ouvre-lui l'embrasure de l'antre qui garde ton pouvoir si jalousement,
car nul pouvoir en dehors de ses murs avares n'est le tien.
Accueille sous le regard des Dieux, ton rival.

---MÉNESTHÉE---

Qui peut prétendre à mon irrégularité?
Sinon celui qui camoufle tromperie sous ces accusations professées.
Que sonne ma garde de trompes formelles, que de leur souffle elle appelle l'ouïe du peuple et éloigne le malin.
Qui peut bien rivaliser avec ma maison, arrosant d'orgueil l'allée de parade?

---LÉOS---

Celui qui par son offrande, empruntant une néfaste destinée,
propulsa le laurier à vos mèches grisonnantes.
Écoutez, peuple d'Athènes, le silence que l'Intendant se doit,
car celui à qui revient d'intercéder à la gloire d'Athéna, s'adresse aux cœurs loyaux.

---THÉSÉE---

(Aux vieux hommes nobles formant un conseil.)
Auparavant, il nécessite aux cœurs traîtres d'entendre ma colère!
Lequel de ces vieillards est Ménesthée?
Je ne puis reconnaître un regard corrompu d'un autre.
Et je ne vois aucune présence qui ne se rend digne du titre de roi.
De ces lèvres crispées, je ne sens que le même souffle infâme et putride se libérer d'une torture atroce. Lesquelles de ces lèvres ont insulté le courage de ces rois égaux, (*en pointant le peuple*)
rois qui aujourd'hui rampent dans la honte et dans la poussière de leurs illusions fragmentées.
Rois qui ne m'ont point ravi ma couronne, mais à qui je l'ai dédié.
Qui assume être Ménesthée?
Qu'il se montre, que je vois à quel point les Spartiates ont plié leur déshonneur
sous la peur pesante que même aux Enfers je leur ai provoquée!

---MÉNESTHÉE---

Trêve de moquerie! Je ne me ferai pas insulter plus longtemps par un bâtard!

---THÉSÉE---

Bâtard dites-vous?
Ignorez-vous donc que nul autre que Poséidon est mon père?
Insulterez-vous les Dieux sous l'arche même d'un temple?
Alors que moi, je n'insulte qu'un vieillard borné.

---MÉNESTHÉE---

Je me dévoile à vous sans honte, dans mon plein droit,
n'appelez pas davantage le ridicule sur vos paroles.
L'arrogance ne vous sied plus aussi bien qu'avant, Thésée.
Car à présent, sont nettement visibles les traits du pinceau qui maquillèrent votre gloire.
Et ce n'est pas insulter les Dieux que de démasquer l'imposteur!

---THÉSÉE---

Et pourtant, c'est à moi de crier imposture!
Ou peut-être avez-vous raison Ménesthée, et c'est cela qui enrage mon cœur!
Car s'il n'y a pas usurpation, c'est que les entrailles même du Parthénon m'ont menti.
Si vous êtes ici dans votre légitime droit, alors ce monde peut bien s'écrouler.

---**MÉNESTHÉE**---

Par les Dieux, vous êtes fou!
Vos yeux roulent sur eux-mêmes dans leurs orbites,
et vos joues sont teintées de la couleur des Enfers.
Ai-je à appeler à ma protection la garde, ou alors est-elle aveugle à votre démence?

---**LÉOS**---

Thésée, calmez-vous!
Car lorsque l'œil voit l'agitation, l'oreille se ferme aux paroles.
À quoi bon menacer lorsque nos paumes ne désirent plus se souiller?

---**THÉSÉE**---

Tu as raison, Léos et ce n'est pas le poison qui est à blâmer.
Car il n'est que fort des vertus que la nature lui a données.
(À *Ménesthée.*)
Je ne vous respecte même pas assez pour vous allouer seul cette conquête de la déchéance.
Car je vous sais l'instrument de plus grands.
Empoisonneurs bien malhabiles, mais néanmoins terribles.
Vous, familles qui déshonorez Athènes par votre opulence criminelle,
tâchez à l'avenir de ne point vous intoxiquer avec votre propre poison.
Ce mal, vous ne pouvez encore le voir,
car vos sens sont aussi obstrués par le pouvoir que vos cœurs le sont par l'obscurité.

Mais ce mal ronge déjà vos enfants et vos terres.
Vous en êtes les responsables, car vous n'acceptez que les faiblesses de votre condition.
Et il n'est rien de plus méprisable à mes yeux.

--- LÉOS---

Vous savez à qui Thésée s'adresse,
vous, conseillers perfides du trône.
Ne vous dérobez pas ainsi au faisceau de ses dires.
Car chaque citoyen subit aujourd'hui vos lignées vaniteuses.
Et étant présent, chacun mérite de voir les vrais visages de ceux qui les gouvernaient dans l'ombre.
(*Se retournant vers le peuple.*)
De leurs mains, ils ont serré l'étau de votre faim.
Et de leurs voix, ils ont poussé vos fils à la barbarie.
Ceux qui s'appellent nobles entre eux sont pourtant vos tyrans depuis tout ce temps.
Ces familles amies de l'or ont fait défaut à leur devoir,
et se graissent davantage les doigts.

--- ATROPOS---

Le Pouvoir se corrompt auprès du coupable
et au grand jour tous deux n'offrent que leur mensonge.
Mais prenez garde à la Lune,
car en silence, elle châtie la docilité à l'Infamie.
Atrocement, elle illuminera la destinée
de ceux qui jadis ont abusé
et elle n'offrira que le chemin qu'ils auront construit.
Semez vers vos enfants l'avenir.

---**MÉNESTHÉE**---

(Ignorant Léos.)
Vous osez appeler le mal sur les familles qui font d'Athènes une noble cité!
Vous oubliez Thésée, bien rapidement, ou bien c'est que la sénilité se délectera de vous,
vous oubliez que vous avez volé le pouvoir
et au cadavre de votre père qui plus est!
Tous ici, nous savons ce qui le tua.
N'avez-vous pas délibérément maintenu la voile noire du navire qu'Égée guettait?

---**THÉSÉE**---

Vous ne pouvez vous faire plus brutal que ma propre culpabilité. Cela est peine perdue.

---**MÉNESTHÉE**---

Vos yeux trahissent toutefois votre bassesse.
Tout comme vous avez assassiné vos cousins,
tué de vos propres mains votre oncle, véritable porteur de la légitimité,
n'avez-vous pas ardemment souhaité la mort de votre père?
(S'adressant au peuple.)
Je le demande haut et fort, bien que je ne reçoive guère de réponses.
Car nul mensonge ne peut profaner le temple d'Athéna
et jamais votre bien-aimé Thésée ne se résoudra à vous avouer cette vérité.
Il a volé ce trône, a pris ce qui lui était interdit en disant vous le donner par la suite.

Vous vous êtes cru libres alors que vous n'étiez que les pions de son jeu présomptueux.
Il a offert le sang de vos familles à Sparte pour satisfaire la soif de ses draps secs.
Honte sur son nom!

---THÉSÉE---

Ce n'est pas à mon nom que justice revient, mais au peuple anonyme.
Allez-vous cracher votre mépris sur chacun des citoyens?

---MÉNESTHÉE---

Vous n'êtes guère plus incommodant qu'une abeille,
plus elle darde avec fureur, plus son agonie est certaine.
Pas même du fond des rangs je n'entends chanter votre nom par la foule.
C'est gênant de vous entendre supplier ainsi l'appui des Athéniens,
car le fils d'Égée a cessé d'être prince le jour où son égoïsme l'a trahi.

---LACHÉSIS---

Malheureux est le vertueux qui se repose un instant sur sa faiblesse.

--- THÉSÉE---

Peux-tu le croire, Léos?
Mon tort aura été celui d'avoir été trop sage tout au long de ma vie
et d'avoir commis les erreurs naturelles d'un Mortel.

--- LÉOS---

Mais dans la mort ce tort ne pourra en être un.

---THÉSÉE---

J'ai visité la mort, et l'éternité a une façon ignoble de vous faire roi de vos souffrances.
Tout comme le châtiment de la vie est la déception,
rehaussé par le goût trop amer d'une mort infaillible.
Mais Thanatos n'est-il pas le seul à ne pas nous faire de surprises et ainsi ne pas nous décevoir?
Je l'honorerai bien assez vite.

---LÉOS---

Mon ami, ne perdez pas cette force!
N'êtes-vous pas revenu avec la certitude de votre destin?

---THÉSÉE---

Si! Mais je ne peux rien devant le silence pesant des Athéniens.
Mon destin ne peut donc plus être le leur,
ni le leur être le mien sans que je ne me parjure.
La liberté est un présent bien lourd à offrir à ceux qui ne se sentent vivre qu'enchaînés.
Elle devient aussi attrayante que la mort,
nul ici ne voudrait de cette liberté, sauf alors que la mort reniflerait leurs pas, et encore!
Seulement après un pénible harcèlement.
Ménesthée a raison dans son mensonge,
car il a derrière lui un peuple menteur. Que soit maudite Athènes!
Le pouvoir est le reflet des faiblesses de la masse.

Mon pouvoir donne à penser qu'il s'appuyait sur l'orgueil d'une nation vaniteuse,
désireuse de plaire et superficielle dans sa bonté,
car le pouvoir ne peut être pureté de volonté,
j'ai représenté sur le trône la fausse modestie de tout un peuple désireux dans ses rêves d'avoir ce pouvoir.
Ayez Léos encore la force de me contredire,
car comment trouver un sens à une vie altruiste, et que vaut une vie sans cette vertu?

---LÉOS---

Vous parlez avec votre cœur, cela ne peut être contesté,
mais puis-je vous parler avec le mien?
Écoutez, Athéniens! Léos le héraut, du temps où nous repoussâmes les Amazones.
Léos le faible! Car j'ai cru à l'honneur d'un héros,
à l'honnêteté d'un politicien et à la générosité d'un roi.
Qu'on me lapide cette faute d'ignorance, crieriez-vous!
Mais était-ce plus naïf que de croire à la lucidité d'un peuple?
Suis-je plus fou que ceux-là mêmes qui ne croient pas en eux-mêmes?
Ménesthée est donc un roi de honte et je m'incline devant lui
et l'accepte pour gouverner mon mépris de nous tous.
(Léos s'incline devant Ménesthée et lui baise les pieds.)

---MÉNESTHÉE---

Par tous les Dieux, cessez donc cette comédie!

--- **LÉOS**---

Vous voulez dire celle que tout le peuple d'Athènes vous joue!
Je ne suis plus personne, car je suis à présent la masse!
(Léos se dirige vers le peuple.)
Thésée, ne détournez pas la tête à la vue de ma noyade civile,
car ce suicide de l'esprit vous est dédié, mon ami!
Adieu prince de mes rêves!
(Léos se fond tranquillement dans la foule et disparaît.)

---Le Chœur---

--- Clotho---

Au tribunal des gants blancs,
cachés sont les sourires arrogants
et de silence est fait la défense
lorsque vérité n'est plus espérance.

---Lachésis---

On châtie l'eau qui nous abreuve
lorsque sa vague fait une veuve
On châtie le Soleil millénaire
lorsqu'un pas dans le désert se perd.

---Atropos---

Et un valeureux cœur est sacrifice
afin que ne soit dévoilé l'artifice
qui maintient prêt à frapper
ces mains sous leurs gestes, ensanglantées.

---Le Chœur---

Vous pouvez, Athénien, continuer à nier
car sur Thésée, l'exil a été appelé!

SCÈNE IV

(Thésée se fait escorter au port d'Athènes par deux gardes.)

--- THÉSÉE---

Je connais le chemin du port, ne semez donc pas sous chacun de mes pas la honte de l'exil!
Car plus encore que les ordres qui vous ont été donnés,
je désire partir, aussi vite et loin que la mer me portera.
Vers le Sud, qui accueillit jadis ma faute.
Meurtrier d'un oncle j'étais alors,
défiant l'exil d'un an en affrontant le Minotaure.
Cette mort, on ne me l'accorda pas et pourtant j'ai connu pire supplice, l'Amour!
Mais l'amour d'un pays, ne connaissez-vous donc rien à cela?
L'amour d'une quelconque vertu?
Ha! Voilà mon navire!
J'aurais préféré me lancer à l'eau avec un mercenaire à la barre
plutôt que le fils d'un vieil Athénien dont les rêves venaient s'abreuver aux miens.
(Il embarque sur le pont.)
La mer nous appelle au rivage lointain, parsemé d'Orient.

Mon chemin fut celui de la Terre et des hommes.
Me ramenant comme un déchet sur la plage de cette cité.
Et cette eau, je le sens, m'engloutira.
Est-ce parce que Poséidon réclame son fils?
Ce royaume qui n'a que trop peu accueilli mon pied marin,
me sermonne à présent et gronde déjà d'un orage d'autorité.

--- CLOTHO---

Fils d'Athènes, cette eau, ce mirage d'aventure, torture des fidèles épouses,
est la force qui pourra te porter vers ton destin.
Lave-toi dans les larmes de Poséidon, cette mer est compassion!

--- ATROPOS---

Mais l'exil est aussi la porte aux vanités, prend garde Thésée!

---THÉSÉE---

C'est l'amour qui fait souffrir, la haine étant ainsi l'amour de notre ego!
Oh! Comme j'aime Athènes!
Cette communauté unie sous la même maxime de sagesse.
Mon âme s'endeuille à voir ainsi le Parthénon s'éloigner
et de l'avoir maudit devant tous.
Je ne suis plus qu'un vieil homme sans rêves.
Même les prémonitions me fuient, bien qu'elles soient le vice de l'espérance.

---Lachésis---

L'espoir est bien le dernier mal libéré par la boîte de Pandore.

---Thésée---

Mais la cité dont on m'a châtiée est l'indice que ma présence était perturbatrice,
car quel a été mon crime?
Et c'est bien aux criminels que l'exil est réservé.
Ainsi est-il prouvé que la servitude règne lorsque les droits sont violés.
Cette terre est si loin à présent qu'elle n'est plus qu'un mirage flou,
comme un fantasme obscène à ma mémoire.
Combattre ma vocation n'était pas le duel que je désirais livrer contre moi-même.
Léos tenait donc ses propos à la source même de la vérité.
L'homme n'est pas encore humanité!
Et mon destin est de périr avec cette défaite immédiate.

--- Atropos---

Ce qui doit être sera!
Et ce n'est pas à toi de crier ton destin.
Prière est trop souvent geignement,
et consentement, défiance.
Ma faucille pourra me couper les doigts le jour où la faiblesse dénaturera mon devoir.
Ton sort est plus triste que celui que tu imagines,
car il est plus que la tragédie, il est la vérité.

---THÉSÉE---

Voguer vers le sud est comme retourner, après tous ces détours,
vers la peine primordiale qu'est mon erreur face à Ariane.
La Crète, en la personne de son roi Deucalion,
ce frère que j'ai à la fois abandonné et tué en traitant ses sœurs ainsi,
m'a ouvert il y a longtemps son rivage.
Je n'ai nul autre refuge, car j'ai survécu à tous mes péchés.
Le pays du Labyrinthe me fera trop d'honneur en m'accueillant comme un roi.

---CLOTHO---

Tu resteras roi dans les cœurs libres bien après ta chute!

---THÉSÉE---

Y retrouverais-je Ariane?
J'ai pourtant eu une vision claire du sort qui lui fut réservé sur Naxos, après que je l'aie abandonnée.
Cette pure femme devenue épouse de Dionysos
en gravissant les marches de son temple de liberté.
Elle était parfaite, mais à mes yeux, pas autant qu'Athènes pouvait l'être!
Quelle soumission à ma perdition!
Le combat mené contre Dionysos n'était pas formé de courage pour la lutte de cet amour,
mais de peur pour me préserver de l'insanité.
Voilà ce qu'on m'a permis de voir à l'Oracle de Delphes par les yeux de la Pythie.
C'est le remords qui y conduisit mes pas.

Si j'avais su que pendant ce temps, Phèdre se perdait dans la folie!

---LACHÉSIS---

Phèdre n'a été qu'entraînée dans le tourbillon de tes propres prières remerciées d'ingratitude. Aphrodite gratifie et punit par l'amour.
Il est si facile de l'invoquer.
L'insouciance d'un enfant fait sourire, celle d'un homme tue.

--- THÉSÉE---

Je ne pourrais supporter son regard sur moi!
Il ne pourra qu'être teinté de compassion et de pardon.
Un coup d'œil triste ne supporte que son malheureux semblable
et va même jusqu'à souhaiter qu'il n'en soit projetée aucune lueur de joie.
Qu'il est vil cet instinct de survie, il rabaisse jusqu'à la boue notre esprit,
car l'évolution est trop inquiétante.

--- ATROPOS---

Si l'esprit d'un homme est si faible,
pourquoi une lame acérée est-elle nécessaire pour le couper?
Car je coupe et coupe encore et c'est la faucille qui s'use et non l'humanité.
Je ne peux distribuer privilèges car ma tâche exige que tout ce qui vit meurt,
mais j'ai respect en mon cœur pour cette sève de vie.

--- LACHÉSIS---

Ce n'est pas le destin d'Ariane de te revoir à Cnossos.
Elle est digne du haut rang de prêtresse, assise à la table d'abondance de Dionysos.
Car le sort de chacun, c'est moi Lachésis qui le dispense, au gré de vos choix précédant cette vie. Dans l'Érèbe des Enfers ce n'est pas la mort qu'il fallait craindre, mais la vie ensuite.
Si ma vieille sœur, Atropos l'Inflexible, est ainsi courbée,
c'est que le fardeau que l'homme inculpe à la mort est pesant.
Je m'assure simplement que ce fardeau soit bien celui de l'homme.

--- CLOTHO---

Et pourtant j'ai filé avec légèreté de mes doigts enchantés.
L'innocence et la joie peuvent être retrouvées,
il suffit de remonter le fil au travers du Labyrinthe.
Sache Thésée, que tu as l'amour de Clotho en guidance!
Et que ton âme a été initiée dans la Lumière.
Voilà ce qu'est la Trinité!

---THÉSÉE---

Si un Phénix peut renaître de ses cendres,
j'aurais aimé être brûlé devant tous alors,
et non pas être le jouet des flots qui se régaleront de cette pourriture.
Ce ciel ne laisse présumer rien de bon!
N'y a-t-il pas que le feu qui purifie?

Il me semble que tout élément est régi par une aussi grande force que celle du Soleil.
Hélas, pourquoi ai-je le sentiment que ces nuages ténébreux et menaçant
soient l'image d'une fin moins noble que les flammes?
Pourquoi ai-je le sentiment d'être à la merci de Poséidon, happé par ces flots agités?
(L'orage éclate.)
Père! Puissance de la mer!
Cet océan d'inconscient dont tu es le divin roi,
se déchaîne ici sous ton fils et m'exige en ton pays.
Ma chute se terminera dans le turquoise de tes eaux, nous le savons tous deux.
Mais protège-moi de l'oubli et de cette mort ignorée de tous,
car dans le trépas civil sont rendues les grâces de notre naissance.
Et ainsi sera réparée de dignité cette vie qui fut mienne.
Je m'accrocherai au mât comme à mon propre honneur.
Je considère cela comme votre devoir de me préserver de cette tempête!
(À lui-même.)
Oh! Douces Moires! Pardonnez à ce fil rêche de vanités d'avoir blessé vos doigts effilés.

---Le Chœur---

---Atropos---

Poséidon, le maître des eaux,
brisant la coque des bateaux,
engloutit les âmes infligées
par le ressac des mystères bleutés.

---Clotho---

Trois souhaits furent toutefois prononcés
depuis que Thésée plongea chercher
la bague de Minos défiante
lancée à la vague déplorante.

---Lachésis---

Le premier souhait remplit ses poumons d'air
le second fit de lui un indigne père
et le dernier fut crié d'un mât
adoucissant ainsi le tonitruant climat.

---Le Chœur---

Athéniens, courrez prier dans les temples!

SCÈNE V

---LYCOMÈDE---

Alors voilà l'homme que la mer en colère recrache à Lycomède!
Notre plage grise et acérée n'a eu que peu de mal à terminer l'ouvrage de la tempête sur votre épave grinçante.
C'est bien un miracle que notre île se trouva port improvisé
pour votre embarcation malmenée et pour votre corps inconscient.
C'est une bien imprudente solution que de s'attacher ainsi à ses planches traîtresses.
Bien que la mort en mer est digne de tous les mystères de notre culture
et aussi fréquente que la fin par l'épée,
ce ne sont pas quelques déferlantes qui viennent à bout d'un Grec!
L'êtes-vous? Identifiez-vous si vous pouvez encore parler.
(À ses gardes.)
Mais laissez-le donc respirer par les Dieux!
Il peut à peine tenir debout tant il est faible.
De la nourriture lui serait plus bénéfique que vos coups de coudes maladroits!

---THÉSÉE---

Merci de votre bonté ô Roi, ainsi que de l'œil opportun de vos vigies, je vous dois tous la vie.
Ces deux hommes ont eu la bien pénible tâche de me transporter sans me blesser davantage
à travers un chemin qui n'en est un que par notre seul passage,
cailloux roulants et ronces voraces ont eu raison de la cheville d'un de vos hommes.
Je n'ai pas à me mêler de votre autorité,
mais s'ils ne se plaignent pas davantage c'est bien pour ne pas vous importuner
et s'ils s'agitent ainsi autour de mes faiblesses, c'est par attention à leur devoir.
Vous pouvez être fier de leur générosité.

---LYCOMÈDE---

Vous avez une curieuse façon d'être gratifiant!

---THÉSÉE---

C'est que nous oublions trop souvent l'effort de ceux qui tiennent un rôle inférieur au détriment de notre justesse.

---LYCOMÈDE---

Notre justesse? Ne vous êtes-vous pas censuré vous-même par politesse, remplaçant justice par justesse?

---THÉSÉE---

Il est vrai que c'est souvent par de petits exemples que le sens de certains principes nous est dévoilé, Majesté.

---LYCOMÈDE---

Et les grands exemples étant?

---THÉSÉE---

Des pièges noble roi! Où il est dur de s'y retrouver même sous la Lumière d'Hélios.

---LYCOMÈDE---

Pour vous un homme de bien ne fait le bien qu'en exerçant minimalement ses vertus?
Ne serait-ce pas les paroles d'un homme déchiré par la grandeur?

---THÉSÉE---

Plutôt le conseil d'un homme qui blessa trop de vies pour trop peu de grandeur.

---LYCOMÈDE---

C'est pourtant bien banal comme destinée, en quoi réfléchissez-vous différemment sur ce point?

---THÉSÉE---

Parfois une femme surgit de l'horizon et vous dévoile des enseignements qu'il vous faudra toute une vie pour redécouvrir à leur juste valeur.

---LYCOMÈDE---

Ha! C'est ainsi qu'on en vient aux femmes, c'est que la question s'est close d'elle-même!

---THÉSÉE---

C'est donc que tout conseil se terminerait par « prenez garde aux femmes, mon ami! ».
Je ne suis pas de cet avis, pour peu qu'il est utile.

---LYCOMÈDE---

Et quel est-il, dites-moi? C'est que vous avez piqué ma curiosité.

---THÉSÉE---

Prendre garde à nous-mêmes! Voilà mon avis!

---LYCOMÈDE---

Je vous trouve bien sage pour un rescapé en loque et bien généreux de votre opinion pour un homme encore sans identité.

---THÉSÉE---

Quand l'orage trombe sur un homme, c'est l'hôte qui se voit généreux, Monseigneur!
Je suis Thésée de Trézène, fils d'Égée l'Athénien.

---LYCOMÈDE---

On vous racontait mort!

---THÉSÉE---

Seulement prisonnier, bon Lycomède!
Ne vous inclinez pas si bas devant le vieux vagabond que je suis.
Car c'est d'un ami dont j'ai besoin, non pas de déférence.

---LYCOMÈDE---

N'est-ce pas d'Athènes dont vous eûtes toujours besoin?
Son oriflamme ne quittait jamais vos pas et vos quêtes!
L'un n'allait sans l'autre!
Lorsque pour la sépulture des sept Thébains,
le Péloponnèse s'en remit à Athènes,
c'est à la sagesse de Thésée qu'il supplia pour leur salut.
Ce ne fut pas la grandeur de l'armée que vous y aviez conduit,
ni la force de vos discours, mais le respect et l'admiration que tous,
même ceux qui cultivaient leur tort, vous portaient.
Athènes est votre cœur, généreuse et sage!

---THÉSÉE---

Athènes n'est plus que pierres, bois et esclaves!

---LYCOMÈDE---

C'est que vous l'avez sans doute mal aimée.

---THÉSÉE---

C'est que j'aurais alors mal vécu.

---LYCOMÈDE---

Vous le dites pourtant vous-même, « seulement des pierres et du bois ».
Toute cité n'est que cela.
C'est votre esprit qui se doit d'être de cristal et de marbre.

---THÉSÉE---

Cent fois exilé, je n'aurai que plus d'humilité.

---LYCOMÈDE---

Cent fois retourné, vous n'en serez que plus hardi!

---THÉSÉE---

Vous êtes encore jeune, vos tempes grisonnent à peine de fatigue
et votre bonté s'enflamme devant un vieillard banni injustement.
Et pourtant c'est notre jeunesse qui tue au combat,
c'est elle qui de vanité désobéît aux Dieux.
Je ne désire plus livrer bataille, seulement me taire pour écouter les Dieux chanter leur magie.

Votre île m'est-elle ouverte, roi Lycomède?
M'accueillerez-vous dans mon dernier exil?

---LYCOMÈDE---

Ce sera pour moi un grand plaisir de vous côtoyer et de jouir de vos conseils.
J'ai pour vous une chambre douillette d'où l'on peut voir la mer.

---THÉSÉE---

Je vous remercie grandement, mais je sais être possesseur de terre sur Scyros, plus au centre de l'île, j'aimerais pouvoir m'y installer et y accueillir mes fils qui doivent m'attendre avec soucis en Crête,
là où nous allions nous réfugier, empruntant des voies maritimes différentes.

---LYCOMÈDE---

Comme vous avez dû dériver pour avoir accosté si loin de la Crête.

---THÉSÉE---

En effet, j'ai dû être protégé dans cette malchance!

---LYCOMÈDE---

Malchance dites-vous?
C'est donc que mes prières iront dorénavant à Malchance plutôt qu'à Chance
puisque c'est plutôt la première qui semble modeler nos vies

et que le grand Thésée installera sa noble famille sur l'île que je gouverne.

---THÉSÉE---

Je suis heureux que vous preniez l'annonce de ma venue avec tant d'enthousiasme.
Demain j'enverrai des messagers à la recherche de mes deux fils
qui ne doivent pas être loin de Cnossos.
J'y aurais reçu un accueil royal, mais lorsque j'y pense,
il est mieux que je sois ici plutôt que là-bas.
Intrigues ne m'auraient pas été épargnées,
puisque encore beaucoup de Crétois me croient le meurtrier de Minos, leur bien-aimé roi,
qui jadis fut la gloire de la Crête et la voix de Zeus partout en Grèce.
Et ceux qui savent qu'il n'est pas mort par ma faute,
connaissent la raison qui éloigna la princesse Ariane à tout jamais de la cour.
Et eux ne me portent guère plus dans leur grâce!

---LYCOMÈDE---

Thésée! Vous verrez qu'ici l'accueil est tout autant digne d'un roi de votre trempe, un héros!
Vous m'avez blessé dans mon orgueil d'hôte en parlant ainsi du roi Deucalion
et de son inconditionnelle hospitalité malgré toutes les rumeurs circulant sur les façons dont vous auriez déchiré sa noble famille.
Vous ne me laissez pas le choix et seriez bien malaisé de refuser une invitation à un banquet luxueux donné en votre honneur où j'annoncerai en grande pompe votre venue parmi nous.

---THÉSÉE---

Je ne peux que sincèrement vous dire que cela ne sera pas nécessaire Monseigneur,
car l'accueil que je chéris est fêté de paix et de respect.
Une bruyante arrivée ne ferait qu'alimenter jalousie et méfiance.

---LYCOMÈDE---

Méfiance? Que me chantez-vous là?

---THÉSÉE---

Il n'est pas bon d'étaler à la vue de tous son renom, car l'homme s'acharne alors à le faire chuter.

---LYCOMÈDE---

Je croyais que pour vous l'homme s'acharnait plutôt à piétiner plus petit que lui.

---THÉSÉE---

C'est que l'homme de grandeur se fait rare.

---LYCOMÈDE---

Cela ne m'a pas du tout convaincu à accepter votre déclinaison.

---THÉSÉE---

C'est donc que je m'y rendrai tel votre humble serviteur!

C'est un siège qui me sied plus à ce festin et que j'accepte avec plaisir.

---LYCOMÈDE---

Ne vous amusez pas ainsi de mon autorité!
Les mots ne seront rien lorsque Thésée prendra place à mes côtés
et que tous n'auront d'yeux que pour lui.
Ne jouez donc pas au modeste citoyen.
Dans deux jours Scyros entière ne chantera que vous et vos exploits!
Alors vous feriez bien de prendre du sommeil d'ici là, mon ami.

---THÉSÉE---

Je me permets donc de me retirer, avec votre permission bien sûr!

---LYCOMÈDE---

Bien entendu, j'enverrai aussi mon guérisseur le plus qualifié à votre chambre.
Après le banquet nous vous restituerons vos terres et vos biens comme vous l'avez demandé.

---THÉSÉE---

Merci infiniment, avec ces soins je devrai me rétablir bien rapidement.
Permettez-moi de vous assurer ma fidélité,
vous pourrez en retirer conseil et amitié à votre guise!
Sur ce, bonne nuit!
(Thésée se retire.)

---LYCOMÈDE---

(À lui-même.)
De quel augure est donc sa venue?
Un homme tel que lui ne peut avoir aussi peu d'ambitions pour lui-même
ou pour ses fils qui sont dans la force de l'âge.
Et pourtant, il semble caresser l'idée d'une retraite anonyme avec beaucoup d'aisance.
Qu'a-t-il bien pu se passer à Athènes pour que son héros acclamé s'endeuille de l'exil?
Ses prouesses et travaux n'ont cessé de bercer mes désirs de jeunesse,
l'ayant vu alors que mon père l'avait accueilli il y a fort longtemps.
Et à présent, il est tout ce que je croyais qu'il était et en même temps rien de cela.
Il pourrait être bien mal avisé de faire venir ses fils héritiers.
Oh! Imprudence! J'ai moi-même resserré l'étau du piège de son arrivée à ma cour.
Car je peux à présent nettement entendre le peuple le réclamer de leurs vivats d'admiration
ou exiger de leur roi qu'il proclame cette île, état démocrate.
Il inspirera changement plus que je ne le souhaite!
Ou par ses conseils s'infiltrera sournoisement dans mon commandement déjà précaire
depuis la récente défaite face à l'Orient envahisseur.
Lourd tribut ne plaît pas au peuple et il ne sera que plus ouvert à la venue d'un héros.
La cour, elle, verra une possibilité de m'évincer et récupérer richesses et honneurs perdus,
voyant que Thésée n'est pas motivé par l'or.

Qu'ai-je fait? Je me suis laissé charmer comme une vierge innocente. Charmé!
Prétentieux que je suis d'avoir voulu que sa gloire rejaillisse sur mon trône.
Un banquet? Aussi bien lui offrir la couronne devant tous mes sujets.
Et sa fausse modestie joue toujours en ma défaveur,
je n'aime pas ses manières excusées.
J'ai accueilli le serpent à ma gorge.
Malheur, qu'ai-je fait? Rien! Je n'ai encore rien fait!
Ce n'est encore qu'un rescapé portant vêtements déchirés tant que n'est pas annoncée son identité. Personne ne sait qu'il est ici, ils le chercheront en Crête où dans les Cyclades,
jamais personne ne poussera les recherches jusqu'ici.
Oh! Il faudra agir vite, demain partira un messager vers sa progéniture.
Il a cru me berner facilement en endormant ma vigilance de nobles préceptes.
Il est facile de les répandre à tout vent et d'agir avec les pires intentions par la suite.
Il enchaîne étrangement les mots comme « humble serviteur » et « homme de grandeur »,
cela prouve sa duplicité et ne peut que révéler perfidie.
On n'acquiert pas une réputation héroïque par des vertus de chastes prêtresses,
mais par le sang, le meurtre, la fourberie, la trahison.
La différence avec les criminels est leur chance et l'amour que leur portent les Dieux. Sans plus!
Voilà ce qu'est un héros, il tue ceux que le peuple désire voir morts,
et je n'ai plus confiance en eux.
Ils ne connaissent pas la loyauté, mais la misère
et sont telles des prostitués se cramponnant au plus offrant.

La Grèce aime Thésée?
C'est qu'il a feint de l'aimer en lui offrant rien de plus qu'une promesse.
Nul pays n'a besoin d'un homme comme lui.
Et je n'ai pas envie, comme un père déshonoré,
de consoler par la suite une contrée souillée d'espoir et humiliée.
Cet homme aurait bien pu se fendre le crâne dans le ressac!
Peste soit-il! Je n'ai d'autre choix que d'agir vite, et loin des regards accusateurs.

ΩΩΩΩΩΩ

(*Thésée et Lycomède font une promenade.)*

---LYCOMÈDE---

Vous me semblez avoir une santé de fer, je vous aurai cru alité pour deux jours en voyant l'état de vos contusions. J'en suis fort soulagé.

---THÉSÉE---

C'est que le repos ici est dénué d'angoisse
et les rêves sont ceux où l'on peut entendre chanter les sirènes sans trépasser d'y avoir prêté l'oreille.

---LYCOMÈDE---

Et vous n'avez pas encore chargé un homme porteur du message de l'endroit où vous invitez vos fils?

---THÉSÉE---

Non, pas encore, ayant été convié à cette promenade matinale. Mais le ferai sans faute à mon retour.

---LYCOMÈDE---

Fort bien! Ont-ils déjà pris femme ou nous feront-ils l'honneur de faire alliance avec nos meilleures familles?

---THÉSÉE---

Je les sais mariés et déjà tous deux pères,
bien que je n'ai pas encore vu mes petits-enfants ni l'épouse d'Acamas,
mes périples m'ayant éloigné trop longtemps de ma demeure.

---LYCOMÈDE---

M'accompagnerez-vous dans un périple à la récompense bien agréable?
On dit que c'est la plus belle vue sur l'île.
On prend ce petit sentier à gauche, mais il ne cesse de monter,
je ne sais si vos jambes soutiendront le rythme qu'impose cette pente.

---THÉSÉE---

Et moi je vous parie que j'y arrive moins essoufflé que vous.
Mais peut-être que la beauté du paysage me coupera davantage le souffle que la course!

---LYCOMÈDE---

(*Une fois en haut.)*
C'est donc à la beauté que va la faiblesse de votre cœur?

---THÉSÉE---

C'est à la beauté, mon ami, que j'ai trinqué mon cœur avec le vôtre.

---LYCOMÈDE---
(En l'empoignant fermement.)
Mais votre amitié est empoisonnée!

---THÉSÉE---

Non! C'est que vous n'êtes pas libre!

---LYCOMÈDE---

(Il le pousse en bas de la falaise et le regarde s'écraser.)
Je le suis à présent, car je ne suis plus prisonnier d'un choix!
Personne ne voulait de vos choix, Thésée.
Pas même les Dieux!
Surtout pas eux et le pouvoir qu'ils auraient pu perdre sur nous!
Je m'incline devant eux en leur dédiant votre chute!

---Le Chœur---

---Atropos---

Bénis soit les bras criminels
qui ont propulsé le héros à l'autel,
ce tertre de soulagement tant chéri
caressé par les flots et les intempéries.

---Clotho---

La fin est le commencement ultime
de cet âge qui s'annonce si sublime
D'une chute s'élèvera l'amour éternel
d'une conscience nouvelle, pourtant celle d'un
Mortel.

---Lachésis---

De la dernière prière de Thésée
un homme en mer fut interpellé
par un aigle grattant de ses serres
le récif où les os étaient recouverts.

Alors Simon le Magicien
vit là le signe du destin
et rapatria le précieux squelette
vers la famille d'Égée, inquiète.

Ils lui offrirent mille fleurs
alors qu'une foule d'Athéniens en pleurs
paradait derrière le noir tombeau
vers les colonnes d'un temple nouveau.

Ses fils furent alors reconnus
par ceux-là mêmes qui n'avaient pu
autrefois acclamer le retour du roi
mais qui unissaient dans le deuil leur voix.

En son nom fut donné liberté
à tous les citoyens enchaînés
par le pouvoir de la monarchie
et que d'injustice furent frappées leurs vies.

Humbles et esclaves prieront au Théséon
et de leurs offrandes d'amour élèveront
la grande Athènes à l'âge de sagesse
redorant le monde de cette noblesse.

---Le Chœur---

Nous n'avons droit qu'à un seul baiser
et nous le soufflons à travers une voix brisée
à l'esprit de Thésée le valeureux
qui s'envolera vers le pays des Bienheureux.

Athéniens, jamais ne cessez de chanter Thésée!

www.ingramcontent.com/pod-product-compliance
Lightning Source LLC
LaVergne TN
LVHW050340160826
845677LV00014B/3703

9798560131630